WALT DISNEY's

Pinocchio

Le nez
de
Pinocchio

PRESSES AVENTURE

© 2006 Disney Enterprises, Inc.

Tous droits réservés aux niveaux international et panaméricain, selon la convention des droits d'auteurs aux États-Unis, par Random House, Inc., New York et simultanément au Canada, par Random House du Canada Limité, Toronto, concurrement avec Disney Enterprises, Inc.

Paru sous le titre original de : *Pinocchio's Nose Grows*

Ce livre est une production de Random House, Inc.

Publié par **PRESSES AVENTURE**, une division de
LES PUBLICATIONS MODUS VIVENDI INC.
55, rue Jean-Talon Ouest, 2ᵉ étage
Montréal (Québec)
Canada H2R 2W8

Dépôt légal - Bibliothèque et Archives nationales du Québec, 2006
Dépôt légal - Bibliothèque et Archives Canada, 2006

Traduit de l'anglais par : Catherine Girard-Audet

ISBN-13 : 978-2-89543-503-7

Nous reconnaissons l'aide financière du gouvernement du Canada par l'entremise du Programme d'aide au développement de l'industrie de l'édition (PADIÉ) pour nos activités d'édition.

Gouvernement du Québec — Programme de crédit d'impôt pour l'édition de livres — Gestion SODEC

WALT DISNEY'S Pinocchio

Le nez de Pinocchio

par Barbara Gaines Winkelman

Illustré par Orlando de la Paz

et Paul Lopez

Il était une fois
un sculpteur sur bois.

Le jouet qu'il préférait le plus était une marionnette qu'il avait appelée Pinocchio.

Un soir, une étoile

scintilla dans le ciel...

Le sculpteur sur bois
fit un vœu.
Il souhaita que Pinocchio
soit un vrai garçon.

Une lumière bleue illumina l'atelier. La lumière se transforma en une Fée bleue !

Elle agita sa baguette
magique au-dessus
de Pinocchio.

Pinocchio ouvrit les yeux ! « Suis-je un vrai garçon ? » demanda-t-il.

« Tu pourras un jour devenir un vrai petit garçon », dit la Fée bleue.

«Mais tu dois d'abord apprendre à distinguer le bien du mal », dit-elle.

« Comment ? » demanda
Pinocchio.

Avant de partir, la Fée bleue
demanda à Jiminy Criquet
d'être le gardien de Pinocchio.
Puis elle partit.

Le sculpteur sur bois
aperçut Pinocchio.
Il comprit que son vœu
s'était réalisé.

Il était très heureux !

Ils se mirent à danser
et à chanter.

Le sculpteur sur bois
envoya Pinocchio à l'école.

Pinocchio apporta son livre et une pomme pour le professeur.

Pinocchio rencontra
un chat et un renard.

« Viens avec nous, dit le renard. Nous ferons de toi une vedette ! »

« Où vas-tu, Pinocchio ? »
demanda Jiminy Criquet.

Pinocchio ne l'écouta guère.

Il ne voulait pas aller à l'école.

Il voulait devenir
une vedette.

Pinocchio dansa sur une scène. Il aimait être une vedette !

Mais il fut ensuite enfermé
dans une cage.

« Au secours ! » s'écria
Pinocchio. Jiminy Criquet ne
parvint pas à libérer Pinocchio.

La Fée bleue entendit ses pleurs.
Elle apparut aussitôt.

« Pourquoi n'es-tu pas à l'école ? » demanda-t-elle. Pinocchio avait peur de dire la vérité.

Alors il mentit.

« Deux monstres m'ont attaché

et m'ont mis dans un sac ! »

Son nez s'allongea d'un coup !

« Plus tu mens,
plus ton nez s'allonge »,
dit la Fée bleue.

Pinocchio trembla de peur.
« Je comprends que ce n'est
pas bien de mentir », dit
Pinocchio. Il promit de ne
plus jamais le faire.

« Parfait, dit la Fée.

Tu apprends vite. »

Elle agita sa

baguette magique.

Pinocchio était libre ! Son nez avait repris sa taille normale. « Rentrons à la maison ! » dit Jiminy Criquet.